Agradecimientos especiales
a Karen King

Para Ethan con amor

SECRET KINGDOM.
LA ISLA DE LAS NUBES

Título original: *Secret Kingdom. Cloud Island*

© 2012 Hothouse Fiction Limited (texto)
© 2012 Orchard Books (ilustraciones)
© 2012 Rosie Banks
©2013 Julián Aguilar (traducción)

Publicado originalmente en 2012 por Orchard Books,
una división de Hachette Children's Books de Hachette UK Company.

D.R. © Editorial Océano, S.L.
Milanesat 21-23, Edificio Océano
08017 Barcelona, España
www.oceano.com

D.R. © Editorial Océano de México, S.A. de C.V.
Eugenio Sue 55, Polanco Chapultepec
Miguel Hidalgo, 11560, Ciudad de México
www.oceano.mx
www.oceanotravesia.mx

Primera edición: 2017

ISBN: 978-607-527-106-4
Depósito legal: B 8312-2017

IMPRESO EN ESPAÑA / *PRINTED IN SPAIN*

9004276010417

La Isla de las Nubes

ROSIE BANKS

OCEANO Travesía

Índice

Un mensaje
del reino secreto

—Me gustaría que no tuviéramos tantas tareas —dijo Rita Miró cuando regresaba de la escuela con sus amigas—. ¡Tengo que escribir un texto para la clase de Español y no sé ni por dónde empezar!

—Vayamos a mi casa a hacer la tarea —sugirió Abril—. Podemos poner un poco de música y resolverla juntas.

—Gran idea —coincidió Paula, agarrándose del brazo de Abril y Rita—. Incluso las tareas pueden ser divertidas cuando las haces con amigas.

—Yo no diría tanto —se burló Rita con un destello en sus ojos verdes—. Pero es mejor que hacerla sola.

Entre risas se fueron a casa de Abril y entraron en la cocina. Había un gran paquete de galletas de chocolate y una nota en la mesa. Abril la leyó en voz alta:

Hola Abril, estoy segura de que Rita y Paula han venido contigo, ¡comparte las galletas con ellas! También hay un poco de limonada en el refrigerador. Nos vemos a las 5:00. Mamá.

—¡Tu mamá es muy amable! —dijo Paula. —Me pregunto cómo supo que estarían conmigo —comentó Abril.

—Sí, cualquiera diría que nos pasamos todo el día juntas —bromeó Rita.

Paula se rio. Ella, Abril y Rita vivían en un pequeño pueblo llamado Valledulce y siempre habían ido a la misma escuela. Eran amigas desde pequeñas y por eso en casa de las demás se sentían como en su propia casa.

Abril abrió el refrigerador y sacó una gran jarra de limonada, mientras Paula puso tres vasos y un plato.

—Ahora vamos a hacer la tarea —dijo Abril, poniéndolo todo en una bandeja para subirla a la habitación—. Ya después haremos algo divertido.

—¡Eh, tienes la Caja Mágica en tu tocador! —exclamó Rita, cuando entraron en la habitación de Abril, que era bastante pequeña, pero estaba muy bien decorada.

Las paredes eran de un bonito color rosa
cálido y una tela vaporosa de color rojo caía
desde el techo hasta cubrir la cama.

—No me gustaría perderme un mensaje
de Secret Kingdom —dijo Abril.

Las tres miraron el objeto de madera
y observaron sus intrincados grabados
de hadas y unicornios, así como el espejo

en la tapa, adornada con seis piedras de color verde. Parecía un joyero, pero era mucho más que eso.

—¡Dormí con ella bajo la almohada la última vez que me tocó guardarla! —dijo Rita riendo.

Las chicas habían encontrado la Caja Mágica en el mercadillo de la escuela.

Apareció ante ellas misteriosamente. Pertenecía al rey Félix, el gobernante de Secret Kingdom.

Secret Kingdom era un mundo mágico que nadie, salvo Abril, Paula y Rita, sabía que existía. Era una hermosa isla en forma de media luna, donde las sirenas, los unicornios, los duendes y los elfos vivían juntos y felices.

Sin embargo, el reino estaba en peligro. La reina Malicia, la horrible hermana del rey, estaba indignada porque su hermano había sido elegido gobernante de Secret Kingdom, y por ese motivo había lanzado seis rayos horribles para causar todo tipo de desgracias. Paula, Abril y Rita ya habían encontrado dos de esos rayos y rompieron su desagradable maleficio.

—Me gustaría volver a disfrutar de otra aventura mágica —dijo Rita con un suspiro.

—A mí también —coincidió Abril, sacando los libros de la mochila y poniéndolos sobre la alfombra. Se puso su cabello largo y oscuro detrás de las orejas—. Vamos, acabemos con esto —dijo mientras agarraba una galleta de chocolate.

Rita sacó su libro y empezó a morder el lápiz. Estaba mirando por la habitación, tratando de encontrar una idea para su texto, cuando algo le llamó la atención.

—No creo que hoy hagamos la tarea
—gritó alegremente—. ¡La Caja Mágica
está brillando!

Las chicas se levantaron para verla. Se
colocaron a su alrededor y, sorprendidas,
descubrieron que, letra a letra, empezaban
a formarse unas palabras en el espejo
mágico.

—Me pregunto qué desgracia estará preparando la reina Malicia —dijo Abril, temblando al pensar en la horrorosa mujer y en sus malvados planes para convertir a todos los habitantes del reino en seres tan miserables como ella.

—Tendremos que resolver el enigma para poder ir a Secret Kingdom —dijo Paula, mientras estudiaba las palabras del espejo. Luego las leyó despacio en voz alta:

Hay otro rayo muy por encima de la tierra
en una flotante blanca y esponjosa arena.
Necesitamos que nos ayuden,
les pedimos que se apuren.

Abril escribió rápidamente el enigma antes de que las palabras desaparecieran del espejo.

—¿Qué significa esto? —preguntó Rita, perpleja—. Una tierra flotante tiene que ser una isla.

—Vamos a mirar el mapa —dijo Abril—. Debemos encontrar esa isla.

Como si las hubiera oído, la Caja Mágica se abrió para mostrar sus seis compartimentos interiores. Sólo dos de los espacios estaban llenos, uno por el mapa de Secret Kingdom, que el rey Félix les había dado en su primera visita al reino, y el otro por un cuerno de unicornio plateado. No era de talla grande, pero tenía un enorme poder: ¡permitía entender a los animales y hablar con ellos!

Paula sacó el mapa con cuidado y lo extendió en el suelo de la habitación de Abril. Las tres chicas se sentaron a su alrededor entusiasmadas. Había algunas islas pequeñas en el Arrecife de las Sirenas

y un par más cerca de la orilla de la
Playa Resplandeciente. Todas se movían
mágicamente como el mar aguamarina, que
se balanceaba de arriba abajo, pero ninguna
de ellas parecía blanca ni esponjosa.

—No está aquí —dijo Paula con ansiedad.

—¡Pero tiene que estar! —exclamó
Rita—. ¡Tenemos que resolver el enigma si
queremos ir a Secret Kingdom y encontrar
el rayo antes de que pase alguna desgracia!

Abril se levantó y empezó a pasear por
la habitación con cara preocupada.

—Volvamos a leer el enigma —sugirió
Paula—. Se nos escapa algo: "Una flotante
blanca y esponjosa tierra". Bueno, estas islas
no son blancas ni esponjosas.

—"Muy por encima de la arena…"
—leyó Abril. Entonces miró el mapa
y sonrió.

Paula y Rita seguían buscando en la parte inferior del mapa, repasando cada centímetro de mar. Pero Abril se había dado cuenta de algo:

—¡No deberíamos estar buscando en el mar! —exclamó—. ¡Deberíamos estar buscando en el cielo!

—¡Claro! —dijo Rita con una sonrisa—. ¿Qué es blanco y esponjoso y además flota?

—¡Una nube! —respondió Paula.

—¡Y aquí está, la Isla de las Nubes! —afirmó Rita, señalando una nube blanca y esponjosa, situada en la parte superior del mapa—. El rayo debe estar ahí. ¡Avisemos a Trichi!

Las chicas pusieron las manos sobre la Caja Mágica, presionando con los dedos las bonitas piedras verdes de su tapa de madera tallada.

—La respuesta es la Isla de las Nubes —susurró Abril.

De repente se produjo una chispa de luz y luego un chirrido. Trichibelle apareció, ¡pero la pequeña hada se quedó atrapada en las gasas que cubrían la cama de Abril!

—¡No te muevas! —gritó Abril, al ver que la pequeña hada se enredaba cada vez más, intentando liberarse.

—¡De acuerdo! —gritó Trichi, antes de caer de su hoja.

Rita, Abril y Paula se subieron de prisa a la cama para desenredarla de la gasa. Con cuidado, los dedos ágiles de Rita zafaron la tela del sombrero de flor de Trichi, mientras que Abril y Paula la ayudaban tirando de sus brazos y piernas.

—¡Ya está! —dijo Rita, cuando desenredó el último trozo.

—¡Uf! —suspiró Trichi. Saltó sobre su hoja y dio un giro rápido antes de arreglarse la falda y colocarse bien el sombrero de flor que cubría su cabello rubio despeinado.

—Hola, chicas —saludó y voló a darles un beso en la punta de la nariz. Luego aterrizó en la mesita de noche—. Es fantástico volver a estar con ustedes.

¿Ya averiguaron dónde se encuentra el siguiente rayo?

—Creemos que está en un lugar llamado Isla de las Nubes —contestó Paula y luego leyó el enigma en voz alta.

Trichi asintió con la cabeza.

—¡No hay tiempo que perder! Tenemos que ir al reino.

Las chicas se miraron entusiasmadas.

¡Otra vez iban a vivir una aventura mágica, y esta vez en una isla que estaba en el cielo!

Sobre las nubes

Mientras las chicas la observaban, Trichi golpeó la Caja Mágica con su anillo y después lanzó su hechizo:

La reina malvada va a atacar.
¡Ayudantes valientes,
empiecen a volar!

Sus palabras aparecieron reflejadas en el espejo de la tapa y luego se elevaron hacia el techo. Ahí se separaron en chispas y cayeron rápidamente, en una explosión de colores alrededor de las cabezas de las

jóvenes. Después formaron un torbellino,
cuya corriente de aire levantó a las amigas.
Un instante después, Rita, Paula y Abril
cayeron sobre algo elástico. ¡Realizaron el
aterrizaje más suave que jamás habían hecho!

Paula, sorprendida, miró a su alrededor.
Se sentía como si estuviera sobre una
enorme cama elástica, pero todo lo que
veía a su alrededor era de color blanco.
Dudando, alargó la mano para tocar el
material esponjoso y luego sonrió cuando
se dio cuenta de que estaba de pie sobre
una nube.

Paula saltó de alegría. Mientras saltaba
más y más alto, podía ver las nubes
dispuestas bajo sus pies como si fueran
escalones gigantes. ¡Debajo de las nubes,
pudo ver el mar aguamarina y la isla en
forma de media luna de Secret Kingdom!

Paula miró hacia abajo al oír un ruido
en la nube que estaba justo debajo de ella.
Era Abril, que rebotaba arriba y abajo con
tanto entusiasmo que de repente se le cayó

la diadema.—¡Eh! —se rio Abril, recogiendo su diadema. No la podemos perder.

—¡Por supuesto que no! —estuvo de acuerdo Paula.

Aquellas preciosas diademas aparecían por arte de magia cada vez que llegaban a Secret Kingdom y mostraban a todos los habitantes del reino que Abril, Paula y Rita eran AMI, Amigas Muy Importantes del rey Félix.

Paula apretó firmemente la diadema sobre su cabeza y luego miró a su alrededor buscando a Rita. Localizó rápidamente el pelo rojo de su amiga en una nube que estaba debajo de la de Abril. ¡Rita estaba tumbada en la nube, agarrándose a la superficie tan fuerte como podía!

—¡Oh, no! —exclamó Paula—. Rita le tiene miedo a las alturas y estamos muy

arriba. ¿Cómo podemos llegar hasta donde
está ella?

—¡Rebotando! —respondió Abril
mientras saltaba sin miedo a una nube
cercana y luego brincaba otra vez hacia la
nube de Rita.

—¡Epaaaa!

Paula respiró profundo y la siguió. Voló
por el aire y cayó sobre la nube suavemente,
junto a Rita.

—¡Me dan pánico las alturas! —gimió Rita.

—No te preocupes —dijo Trichi, que
llegó volando hasta su lado—. No te
puedes caer. ¡Estamos en las nubes
trampolín! Están hechas para poder ir
de una nube a otra. Si das un pequeño
salto irás directamente a la siguiente
nube. Realmente rebotan, ¡como los
trampolines!

—¡Las nubes trampolín son increíbles!
—dijo Abril, saltando muy alto y haciendo
una voltereta—. Ven, Rita. ¡Intenta saltar!

Paula ayudó a Rita a ponerse de pie,
y ella y Abril tomaron las manos de su
amiga, que empezó a saltar. ¡Pronto Rita
se estaba divirtiendo tanto que casi olvidó
que se encontraban en las nubes!

—La Isla de las Nubes está ahí —dijo
Trichi, señalando una nube que estaba
mucho más abajo.

Las chicas se asomaron. La Isla de las Nubes era mucho mayor que las pequeñas nubes trampolín que conducían hacia ella. Parecía aproximadamente del tamaño de Valledulce y sobre ella había unas divertidas casitas.

—¿Una carrera hasta la Isla de la Nubes? —propuso Abril. Y antes de que pudieran pararla ya había saltado hasta la siguiente nube—. ¡Es muy fácil! —se rio cuando Rita la miró angustiada.

—Te daré la mano —le dijo Paula amablemente. Rita cerró los ojos y tomó la mano de Paula con fuerza. Dieron un salto y luego se lanzaron hacia la nube de abajo. Era fácil ¡y muy divertido!

Fueron saltando de una nube trampolín a otra, pasando a lo largo del camino por delante de muchos pájaros que las miraban sorprendidos. Los pájaros, que revoloteaban de nube en nube, llevaban sobres en sus picos.

—Son palomas mensajeras —explicó Trichi—. Traen mensajes del reino.

La Isla de las Nubes ya estaba a pocos saltos de distancia.

—¡Eh, mira esos prados! —gritó Abril.

Sobre la nube había campos de pálidas y esponjosas flores amarillas.

—¡Parecen dientes de león... no, bolas de algodón! —exclamó Rita—. ¡Y son exactamente del mismo color que los patitos!

Paula se rio.

—Son flores de pelusa —le dijo Trichi—. Los duendes del tiempo las cultivan para hacer nubes. ¡Pero también sirven como fantásticas pistas de aterrizaje! —añadió, volando entre las flores y dispersando pelusa por todas partes.

Abril, Rita y Paula se miraban sonriendo.

—Tres —comenzó Abril.

—Dos —continuó Paula.

—¡Uno! —gritó Rita.

—¡Ya! —gritaron todas mientras saltaban tomadas de las manos desde la última nube trampolín para aterrizar en la Isla de las Nubes.

Las chicas descansaron en el campo de flores de pelusa hasta que recuperaron el aliento.

—¡Esto es mucho mejor que hacer la tarea! —se rio Rita, lanzándole un puñado de pelusa a Abril, que sonrió y también le lanzó pelusa.

—No olviden el rayo de la reina Malicia —les recordó Paula. —Tenemos que encontrarlo antes de que pase algo terrible en la Isla de las Nubes.

De pronto, con seriedad, las chicas se sacudieron la pelusa y miraron más allá del campo. Pudieron ver un grupo de graciosas casitas, fábricas y una chimenea de ladrillos muy alta de donde salían nubes blancas.

—Las flores de pelusa se cocinan en los hornos de la fábrica de nubes hasta que son más ligeras que el aire —explicó Trichi—. Luego, salen de la chimenea en forma de nubes. —Señaló una bocanada de aire saliendo de la chimenea—. Mira, ahí hay una recién hecha.

Rita, Paula y Abril contemplaban
atónitas cómo una nube esponjosa salía
de la chimenea y flotaba en el cielo.

—¡Es la cosa más increíble que he visto!
—suspiró Abril.

Justo en ese momento, cuando las risas
llenaban el aire, las chicas se dieron la
vuelta y vieron unas criaturas volando

sobre nubes de tormenta por encima de la fábrica de nubes. Tenían los pelos de punta y unas caras horribles.

—¡Oh, no! —exclamó Rita—. ¡Duendes de la tormenta!

Problemas en los Charcos del Arcoíris

Las tres chicas se estremecieron al ver a los duendes de la tormenta alejándose de la fábrica de nubes. ¡Los duendes eran los ayudantes de la reina Malicia y en donde estuvieran llevaban a cabo todo tipo de maldades!

—Seguro que están aquí para causar problemas —dijo Abril a las demás.

—¿Qué vamos a hacer? —preguntó Paula, que se había puesto pálida.

—¡Márchense! —les gritó Rita mientras los duendes de la tormenta sobrevolaban la zona, riendo.

—Mira, son aquellas chicas humanas malolientes —dijo uno de los duendes señalándolas con su dedo puntiagudo.

—¡Sí, y los detendremos sea lo que sea que tengan planeado! —dijo Rita con las manos en la cintura.

—Esta vez no —cacareó otro duende—. ¡Este rayo está tan bien escondido que nunca lo encontrarán!

Con una risa histérica, los duendes de la tormenta volaron hacia las chicas. Rita se agachó, pero Paula y Abril no se movieron con la suficiente rapidez. Uno de los duendes empujó a Abril mientras volaba y la hizo caer sobre la nube, lo que provocó un ruido sordo. Otro duende tomó la diadema

de Paula e intentó
quitársela de la cabeza.

—¡Ay! —exclamó
Paula, tomando
su diadema antes
de que el duende
pudiera quitársela.

—¡Déjala en paz!
—se oyó gritar detrás
de ellas. Una chica delgada, que llevaba un
vestido ligero, corría agitando los brazos
tras los duendes de la tormenta. El duende
soltó la diadema de Paula y voló para
reunirse con sus compañeros.

—¡Nos veremos pronto! —dijo, riéndose
con maldad mientras huía volando.

—¿Estás bien? —preguntó la chica
mientras ayudaba a Paula a levantarse.
Tenía una bonita cara sonriente y llevaba

un delantal que estaba cubierto con trozos de flores de pelusa—. Los duendes de la tormenta son horribles. Siempre están por aquí robando nuestro algodón de azúcar.

—¡Hola! —exclamó con placer Trichi, volando hacia ellas—. Ella es Lolo —dijo Trichi a Rita, Paula y Abril—. Es un hada del tiempo. Las hadas del tiempo viven en la Isla de las Nubes y cuidan el clima de Secret Kingdom. —Se volvió hacia Lolo—. Ellas son Rita, Paula y Abril —continuó, señalando a cada chica—: Son nuestras amigas humanas del otro reino.

—Gracias por alejar a los duendes de la tormenta —dijo Paula, abrazando a Lolo, que era tan alta como ella.

—Bienvenidas —dijo Lolo—. Es fantástico conocerlas. En el reino todo el mundo cuenta cómo salvaron la fiesta

de cumpleaños del rey Félix y los Juegos de
Oro. —Las miró con cara de preocupación—.
¿Pero qué estaban diciendo los duendes de la
tormenta? No habrá un rayo en la Isla de las
Nubes, ¿verdad?

—Creemos que sí —dijo Abril. Los grandes
ojos de Lolo se llenaron de lágrimas.

—No te preocupes —quiso tranquilizarla
Paula—. Romperemos el hechizo de la
reina y nos aseguraremos de que todo esté
en orden en la Isla de las Nubes. Pero antes
que nada tenemos que encontrar el rayo,
los duendes han dicho que está muy bien
escondido.

—Bueno, yo conozco cada rincón de la
Isla de las Nubes —dijo Lolo—. Les enseñaré
todo. ¡Seguro que lo encontraremos!

Lolo condujo a las chicas a la fábrica de
nubes para ver si allí encontraban el rayo. Casi

la totalidad del espacio estaba ocupado por un enorme horno en el que los equipos de duendes del tiempo introducían flores de pelusa.

—Ésta es la chimenea por donde salen las nubes recién hechas —explicó Lolo, señalando el gran tubo que salía del horno.

Las chicas buscaron por toda la fábrica, pero no había ni rastro del rayo.

—Por lo menos sabemos lo que estaban haciendo los duendes de la tormenta —dijo Lolo, levantando una cesta vacía—. ¡Se han comido todo el algodón de azúcar que teníamos preparado!

Los duendes del tiempo parecían enfadados, pero Lolo los animó:

—Vamos a recoger un poco más de algodón —les dijo—. De todas maneras, tenemos que comprobar que el rayo no esté en uno de los prados.

Lolo condujo a Trichi, Paula, Rita y Abril hacia los prados de flores de pelusa y de algodón de azúcar. Allí las chicas estuvieron encantadas de ver a unos pequeños conejitos blancos que saltaban por los campos, masticando las hojas de las flores de pelusa.

—¡Son tan hermosos! —gritó Paula

mientras tomaba uno y acariciaba con
dulzura su suave piel. Parecía un conejo
como los de Valledulce, pero era mucho
más suave y esponjoso, y tan ligero como
una pluma. El pequeño conejito la miró
con sus profundos ojos color chocolate y
torció su pequeña nariz rosada—. Supongo
que incluso nuestros conejitos en el otro
reino tienen colas que parecen nubes
—dijo ella, pensativa.

—¡Oooh, algodón de azúcar! —dijo
Abril, mirando el prado de arbustos de
azúcar de color rosa que se extendía ante
ellas—. ¡Vaya!

—¡Prueba un poco de algodón! —se
rio Lolo—. De todas formas, gracias a los
terribles duendes, tenemos que recolectarlo
para que los duendes de la fábrica de nubes
puedan comer.

Abril se agachó y recogió
un poco de algodón.

—¡El algodón de
azúcar me encanta!
—gritó antes de
metérselo en la
boca. Era tan suave
que se fundía en la
lengua—. ¡Y éste es el
mejor algodón de azúcar
que he probado!

Las chicas se pusieron a trabajar llenando
cestas de algodón de azúcar para los duendes
de la fábrica de nubes, y al mismo tiempo
iban comiendo. Pronto las cestas estuvieron
llenas ¡y también Rita se sintió llena!

—¡Creo que comí demasiado! —gimió
mientras le daba el algodón que le quedaba
en la mano al conejito de Paula.

—¡Creo que lo llamaré Pelusa! —soltó Paula entre risas. Pelusa saltó detrás de las niñas mientras ellas llevaban el algodón de azúcar a la fábrica de nubes. Cuando entraron, meneó la nariz casi como si estuviera diciendo adiós, y se fue saltando hacia un campo cercano.

Los duendes del tiempo vigilaban el clima en el reino. Por ese motivo, además de la fábrica de nubes, había fábricas para crear gotas de lluvia, rayos de sol, niebla y nieve.

Lolo llevó a Rita, Abril, Paula y Trichi al taller de gotas de lluvia donde los duendes del tiempo fabricaban perfectas gotas de lluvia, pasando el agua por un gran colador para elegir únicamente las del tamaño adecuado.

Pegados en el techo de la habitación había largos tendederos con nubes grises colgadas.

—Secamos las nubes de lluvia y reciclamos las viejas para que vuelvan a ser suaves y blandas —les explicó Lolo.

Cuando las nubes de lluvia estuvieron secas, el agua cayó sobre los duendes y las chicas. Trichi, Rita, Paula y Abril quedaron empapadas. Pero lo cierto era que las gotas eran agradables y calientes.

—¿Es muy normal que aquí llueva bajo techo? —bromeó Rita.

Trichi se echó a reír.

—¡Todo es posible en Secret Kingdom!

—Tenemos algo que les podría gustar —les dijo Lolo a las chicas—. ¡Tiene que ver con la lluvia pero no es tan húmeda!

Lolo las llevó fuera del taller de gotas de lluvia y les enseñó unos grandes círculos que parecían estar dibujados en el suelo. Rita y sus compañeras corrieron jadeando: cada círculo era un charco de colores brillantes y vibrantes.

—¡Guau! —dijo Rita, mirando fijamente los colores—. ¡No había visto nunca estos matices!

—Éstos son los Charcos del Arcoíris —explicó Lolo—. Los usamos para crear arcoíris en el cielo.

Rita miraba maravillada los colores mágicos:

—Me gustaría que los colores de mis pinturas fueran así de bonitos —suspiró.

Las chicas paseaban, mirando los magníficos charcos. ¡Paula no podía decidir cuál le gustaba más! Había unos de color rojo rubí, algunos de deslumbrante azul plata y otros de todos los tonos de rosa. Eran impresionantes, salvo uno que era de color púrpura con unas extrañas manchas grises.

—Es una tristeza la suciedad que hay en éste —dijo Paula.

—¡Creo que algo está dañando el color!
—exclamó Lolo. Entonces hundió su brazo
en el charco y sacó un tapón de color
violeta muy pequeño. Se produjo un ruido
de fuerte succión y el color empezó a dar
vueltas y vueltas, desapareciendo por el
desagüe.

Mientras el color desaparecía, las chicas
pudieron ver algo negro y de forma
irregular pegado en el fondo del charco.

¡Era el rayo de la reina Malicia!

La grieta

—No te preocupes —dijo Abril, mientras colocaba su brazo alrededor de Lolo, que miraba con tristeza el charco del arcoíris—. Encontraremos la manera de deshacernos del rayo de la reina Malicia.

¡Pero justo cuando había acabado de decirle estas palabras, la nube empezó a

temblar y a vibrar bajo sus pies! Entonces
apareció una gruesa grieta en la nube,
justo enfrente del charco violeta. Rita,
Paula y Abril vieron horrorizadas cómo
la grieta crecía y se hacía más y más
ancha.

Trichi voló con su hoja mirando a todos
lados. Había una enorme zanja irregular
que atravesaba los campos de algodón de
azúcar, más allá de los charcos del arcoíris,
siguiendo el camino hasta la fábrica de
rayos de sol.

—¡Se extiende a la derecha a través de
toda la isla! —gritó.

—¡Aaayyy! —exclamó Rita cuando
la nube volvió a temblar. Tomó las manos
de Abril y Paula, y ante ellas la grieta se
hizo aún más ancha. Ahora, a través de ella,
se podía ver la isla en forma de media luna.

—¡La Isla de las Nubes se partirá por la mitad! —gritó Trichi.

—¡Oh, Dios mío! —exclamó Lolo—. ¡Nunca había visto una grieta tan grande como ésta!

Hubo otro gran temblor y la grieta se ensanchó de nuevo, dejando la isla dividida en dos.

¡Horrorizadas, vieron como los dos lados de la isla se separaban más y más!

Las chicas miraron a su alrededor, alarmadas. En el lado de la grieta donde ellas habían quedado estaban los campos de pelusa y el taller de gotas de lluvia, y en el otro lado, con Lolo y algunos de los duendes, estaba la fábrica de nubes y los charcos del arcoíris. La grieta era demasiado ancha para saltar de un lado al otro.

Paula se quedó sin aliento. Allí, sentado en el borde del otro lado de la isla, estaba su conejito con las orejas caídas tristemente.

Miraba los campos de pelusa, donde el resto de los conejos saltaban nerviosos.

—Espero que no intente saltar hacia sus amigos —dijo Paula con ansiedad. —¡Lolo! ¿Puedes cuidar de Pelusa? —gritó hacia la otra nube.

—¡Por supuesto! —gritó Lolo. Recogió al pequeño conejo y se lo puso en el bolsillo del delantal.

—No se preocupen —les dijo Trichi, que llegó volando a su lado—. Utilizaré mi magia para volver a unir la isla.

Trichi voló sobre el vacío, golpeó su anillo y dijo:

En este momento
mando un deseo sin tedio.
¡Que la isla no se quede
partida por el medio!
¡Que se junten ambas partes
por medio de la magia y otras artes!

Una lluvia plateada salió disparada del anillo de Trichi, brillando por el aire entre las dos mitades de la isla. Pero no pasó nada.

—Si el hechizo de Trichi no está funcionando es por el horrible rayo de la reina Malicia —dijo Rita con tristeza.

Cuando los duendes del tiempo vieron que Trichi no podía arreglar la isla, empezaron a correr frenéticamente de un lado a otro.

—¿Qué vamos a hacer? —gritó uno—. ¡Si los campos de pelusa están en una parte de la isla y la fábrica en la otra, no podremos hacer más nubes!

—¡Y sin nubes, no habrá lluvia y todas las flores y plantas del reino morirán! —gritó otro.

—¡Por favor, no se preocupen! —gritó Paula—. Todo esto lo ha provocado el terrible rayo de la reina Malicia. Pero encontraremos la manera de romper su maleficio y volver a unir la isla.

—Sí, pensaremos en algo —prometió Rita—. No dejaremos que la reina se salga con la suya.

—¿Qué podemos hacer? —preguntó Abril con tristeza.

Justo en ese momento una de las palomas mensajeras, que las chicas habían visto antes, volaba con un sobre en el pico.

La paloma planeaba por encima de la grieta hacia Trichi. La pequeña hada tomó el sobre y lo abrió. ¡Para sorpresa de las chicas, apareció una imagen diminuta y en movimiento del rey Félix!

—¡Es como el mapa mágico! —susurró Rita.

El rey tenía un aspecto preocupado, más agobiado de lo normal. Parecía que su corona estaba a punto de resbalar de sus cabellos blancos y rizados, y llevaba las gafas de media luna torcidas en la punta de la nariz.

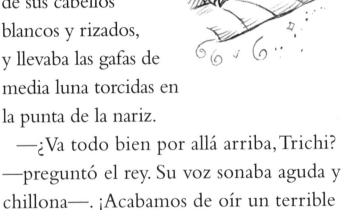

—¿Va todo bien por allá arriba, Trichi? —preguntó el rey. Su voz sonaba aguda y chillona—. ¡Acabamos de oír un terrible ruido y hemos sentido un temblor!

—Creemos que es obra de uno de los rayos de la reina Malicia, señor —le dijo Trichi con tristeza—. ¡Ha partido la Isla de las Nubes por la mitad!

—¡Oh, madre mía, madre mía! —El rey Félix parecía muy preocupado—. Iré enseguida y trataré de hacer algo para ayudar. Puedo utilizar el transportador que acabo de inventar.

Trichi, nerviosa, frunció el ceño:

—Majestad... —intentó explicarse. Pero ya era demasiado tarde. El rostro del rey Félix desapareció del papel antes de que Trichi pudiera explicarle nada—. ¡Oh, no! —se quejó—. ¡Me gustaría que dejara la magia para mí! Inventó un transportador la semana pasada y sigue sin funcionar. Ayer intentó transportarse hasta el baño, ¡y acabó en el mar!

¡De pronto se vio una chispa brillante y el rey Félix apareció justo en el borde de la nube!

—¡Aaagh! —exclamó, moviendo los brazos para mantener el equilibrio.

Las chicas corrierona hacia él, pero ya era demasiado tarde. ¡El rey Félix se había caído por el agujero!

Una dulce solución

—No se preocupen, lo salvaré —dijo Trichi tocando su anillo. Las chicas se acercaron al borde y miraron abajo, pero no vieron al rey Félix por ninguna parte.

—¿Se habrá hecho daño? —preguntó Paula con ansiedad.

De repente una voz muy familiar se oyó por encima de ellas.

—¡Oh, madre
mía, madre mía!

Todos miraron
hacia arriba para ver
al rey Félix que volaba
colgado de un gran
número de globos de
colores brillantes.

—¡Rey Félix!
—gritaron las chicas
aliviadas.

—Suéltelos, rey Félix
—gritó Trichi—. De uno en uno —añadió.
Pero ya era demasiado tarde. El rey Félix había
soltado todos los globos a la vez y aterrizó
con el trasero, haciendo tambalear la nube.

—¿Otra grieta? —gritó un duende, asustado.

—Shhh, ha sido el rey Félix —dijo otro
duende.

—Caramba, gracias Trichibelle —dijo el rey Félix mientras las chicas se apresuraban a ayudarlo a levantarse—. ¡No sé lo que haría sin ti!

Cuando el rey Félix recuperó el aliento, Abril le contó lo que había ocurrido.

—Esto es terrible, terrible —aseguró el rey Félix—. No entiendo cómo Malicia puede hacer cosas tan horribles. ¡Tenemos que impedírselo!

Paula, pensativa, dio vueltas entre los dedos a su larga trenza rubia.

—En el Valle del Unicornio, el rayo desapareció cuando solucionamos todos los problemas que había causado.

—¡Así que si juntamos la isla se podría romper el hechizo de la reina Malicia! —estuvo de acuerdo Abril.

El rey Félix se quitó la corona y se rascó la frente. Se asomó por la gran grieta que había entre las dos partes de la isla y sacudió la cabeza como si no pudiera creer lo que veía.

—Pero ¿cómo vamos a poder hacer eso? —murmuró—. ¿Podemos coserla? No, no. Podríamos pegarla...

—Claro —exclamó Paula—. ¡Podríamos pegarla con nubes nuevas de la fábrica! Lolo —llamó al hada que estaba en la otra nube—. ¿Podemos pegar la isla con nubes nuevas?

—No podremos hacer en tan poco tiempo las nubes que se necesitan para reparar una grieta tan grande —contestó Lolo mientras sacudía la cabeza con tristeza.

—Si pudiéramos pegarla con otra cosa, sólo mientras se fabrican las nubes —suspiró Abril.

—Quizá podamos… —dijo Rita, pensando—. ¡Ya sé! —exclamó con los ojos brillando—. Podemos pegar las dos partes de la isla con algodón de azúcar. ¡Es ligero y esponjoso, como una nube!

—¡Y también pegajoso! —dijo Paula.

—Es una idea brillante —coincidió Abril.

—¿Crees que funcionará, Trichi? —le preguntó Paula a la pequeña hada—. ¿El algodón de azúcar es lo bastante pegajoso como para pegar las dos partes de la isla?

—Debería mantenerlas pegadas el tiempo suficiente hasta que los duendes puedan fabricar nuevas nubes para repararla adecuadamente —respondió Trichi—. Y puedo lanzar un hechizo extra pegajoso para asegurarme de ello. Pero no sé cómo podremos traer la otra mitad de la isla hasta aquí. Mi magia no es suficientemente potente para moverla.

—Debe haber alguna manera de poder acercar la otra parte aquí... —murmuró Abril.

Rita miró alrededor de la Isla de las Nubes buscando algo que la inspirara. Luego vio la paloma mensajera que todavía estaba junto a Paula.

—Las palomas mensajeras —suspiró—. ¡Podrían batir sus alas y el aire traería la otra mitad hacia aquí! —exclamó—. Si pudiéramos hablar con ellas y explicarles lo que queremos que hagan...

Con un destello, la Caja Mágica apareció ante las tres chicas.

—¡Claro! —exclamó Paula—. ¡Podemos utilizar el cuerno de unicornio para hablar con ellas!

Paula esbozó una amplia sonrisa mientras tomaba el cuerno mágico que los unicornios les habían regalado. Era pequeño, apenas tenía el tamaño de su dedo meñique, pero su poder era enorme. ¡Quien lo tuviera en su mano podía hablar con los animales de Secret Kingdom! Paula había deseado, a menudo, poder entender lo que decían sus amigos animales y ahora por fin tenía la oportunidad de hacerlo. Se volvió hacia la paloma blanca con entusiasmo y tomó el cuerno de unicornio:

—¿Nos puedes ayudar, por favor? —le dijo.

Rita y Abril se miraron sorprendidas,

¡sonaba como si Paula estuviera arrullando como una paloma!

—¿Yo? —arrulló la paloma, con asombro—. Bien, sí, sí puedo ayudar. ¿Qué sucede?

—¡Me entiende! —resopló Paula, feliz—. ¡Puedo hablar con ella!

—Una grieta ha dividido la Isla de las Nubes en dos —le dijo Paula a la paloma—. Tenemos la esperanza de que tú y tus amigas puedan ayudarnos a unirla.

La paloma miró hacia el otro lado de la isla.

—¿Qué quieres que hagamos? —preguntó.

—¿Podrías reunir a todas tus amigas y batiendo las alas a la vez hacer un poco de viento? —le pidió Paula a la paloma—. Quizá sea lo suficientemente fuerte como para acercar la otra parte de la isla y así podamos pegarlas.

—Necesitaremos muchas alas para poder crear tanta energía —contestó la paloma, batiendo el aire—. Reuniré al grupo.

—¡Irá a buscar a las otras! —les dijo Paula a Rita y a Abril.

—Gracias —gritaron Rita y Abril, mientras Paula acariciaba a la paloma antes de que se marchara volando.

—¡Ojalá funcione! —dijo Abril, con entusiasmo—.Vamos a decírselo a Lolo.

Corrieron hacia la orilla. La otra mitad de la isla estaba más lejos que nunca, pero Lolo todavía se encontraba lo suficientemente cerca y había oído el plan que proponían las chicas.

—¡Qué inteligente! —gritó Lolo—. Haremos tantas nubes como podamos y yo organizaré la recolecta de algodón de azúcar en este lado.

—Yo supervisaré la de esta parte —gritó el rey Félix—. Me encanta el algodón de azúcar... Quiero decir, ¡me encanta recolectar algodón de azúcar!

Trichi sonrió:

—Probablemente comerá más algodón del que recolectará —murmuró con una risita.

Las chicas, el rey Félix y los duendes del tiempo se dirigieron al prado y se apresuraron a recolectar algodón de azúcar. Todos juntaron un montón de sustancia pegajosa de color rosa y la fueron amontonando a lo largo del borde de la nube. Y aunque el rey Félix y Abril no podían resistirse a ir comiéndose el delicioso algodón de azúcar mientras lo recolectaban, consiguieron reunir una cantidad suficiente para poder pegar la isla.

Trichi voló sobre el montón de algodón de azúcar y, para que fuera mucho más pegajoso, lanzó uno de sus hechizos. Después voló hacia la otra parte de la isla para repetir el hechizo. Y entonces, todos se arrodillaron y empezaron a extender el algodón rosa por los bordes de la grieta.

—Es una pena que el algodón de azúcar no sea blanco —dijo Abril mientras lo pegaba—. Espero que el rosa no quede mal.

—No importa —le recordó Trichi—. Es una solución temporal. Sólo debe mantener pegadas las dos partes de la isla mientras los duendes del tiempo fabrican nuevas nubes.

—Y cuando rompamos el rayo de la reina Malicia, todo volverá a la normalidad —dijo Paula alegremente.

Tardaron un rato, pero en poco tiempo su parte de la grieta estuvo cubierta de la materia rosa pegajosa.

—¡Ya está! —exclamó Rita.

—¡Justo a tiempo! —Abril se quedó sin aliento cuando la bandada de pájaros voló hacia ellos—. ¡Mira cuántas palomas!

—¿Están listos? —gritó Rita a los del otro lado, pero Lolo y los duendes ya estaban demasiado lejos para oírla.

Trichi voló hacia Lolo y los duendes, y regresó unos minutos más tarde con las chicas.

—Ya están listos —dijo.

—¡Hola, palomas! —arrulló Paula, asiendo el pequeño cuerno de unicornio

con firmeza—. Por favor, ¿pueden empezar
a batir las alas para empujar las dos mitades
de la isla?

Los pájaros rodearon la otra mitad de la isla
y empezaron a batir las alas a gran velocidad.
Sus alas provocaron un fuerte viento y la
isla empezó a moverse lentamente.

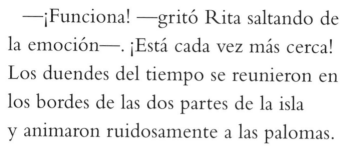

—¡Funciona! —gritó Rita saltando de
la emoción—. ¡Está cada vez más cerca!
Los duendes del tiempo se reunieron en
los bordes de las dos partes de la isla
y animaron ruidosamente a las palomas.

—¡Bien hecho! —gritaban a las
palomas—. ¡Adelante!

Arriba y abajo, arriba y abajo, las palomas
agitaban sus alas tan rápido como podían.

—¡Ánimo! Ya casi está —gritaba el rey
Félix.

Todos gritaban y aplaudían mientras
las palomas conseguían acercar las dos
mitades.

Pero cuando las dos mitades de la isla casi
se tocaban, pasó algo. Cuatro criaturas con
los pelos de punta y con alas de murciélago
salieron de la grieta e interrumpieron los
aplausos con gritos y abucheos ruidosos.

—¡Ya estamos aquí! —exclamó uno de esos seres—. ¡Los duendes de la tormenta hemos llegado para estropearles el día!

Una vez más, los duendes de la tormenta

Los duendes de la tormenta planeaban sobre sus nubes tormentosas y reían ruidosamente como locos.

—¡Oh, no! —gritó Rita—. Han venido para impedir que podamos unir la Isla de las Nubes.

—Son horribles —se quejó Paula.

Gritando y cacareando, los duendes empezaron a batir sus poderosas alas de murciélago y la ráfaga de viento que provocaron casi levantó a las chicas del suelo.

—¡Están separando la isla otra vez! —gritó Rita.

Las palomas también luchaban contra el viento y tuvieron que posarse sobre las nubes para no ser arrastradas.

—Tenemos que hacer algo —dijo Abril, mirando el abismo de cielo azul que otra vez se abría entre las dos mitades de la isla.

—Tengo una idea —dijo Paula, que corrió hacia el taller de gotas de lluvia y tomó un poco de algodón de azúcar del montón—. ¡Ñam! —exclamó en voz alta—. ¡Este algodón de azúcar parece realmente delicioso! ¿Quieres un poco, Rita?

—No creo que tengamos tiempo... —Rita se detuvo cuando Paula señaló con

la cabeza a los duendes de la tormenta, que
habían dejado de aletear y olisqueaban
con avidez el gran montón de algodón
de azúcar.

—Oh, gracias, Paula —dijo en voz
alta, dándole un bocado al algodón—.
Mmmmm, este algodón de azúcar es
delicioso. ¡Abril, ven y come un poco!

Los duendes de la tormenta se relamían
los labios. Uno tiró del ala del otro.

—Tienen algodón de azúcar —dijo,
afligido—. ¡La reina Malicia nunca nos
deja comer algodón de azúcar!

—¡Buena idea, Paula! —susurró Rita.

—¡A mis hermanos les hago lo mismo
para que coman y siempre funciona! —se
rio Paula.

—Dejaremos este gran montón de
delicioso algodón de azúcar aquí —dijo

Abril alzando la voz y haciéndoles un guiño a Rita y a Paula.

Las tres chicas se alejaron y Rita miró de reojo. Los duendes corrieron hacia el algodón de azúcar y empezaron a comérselo.

Mientras los duendes estaban ocupados comiendo, Paula habló con las palomas utilizando el cuerno de unicornio.

—¡Rápido, vuelvan a mover la isla otra vez! —susurró.

Las palomas rodearon la parte que se había alejado de la isla y batieron las alas con todas sus fuerzas. Lentamente empezó a acercarse al resto de la Isla de las Nubes.

—Casi lo han conseguido —susurró Abril.

Pero entonces el jefe de los duendes de la tormenta se dio cuenta de lo que sucedía.

—¡Nos han engañado! —gritó. —¡No podemos permitir que peguen la isla! —dijo gritando a los demás duendes—. Vamos a tener un gran problema si estas chicas nos vuelven a derrotar. ¡La reina nos encerrará en las mazmorras!

Los duendes se precipitaron hacia la grieta, pero Rita, Paula y Abril fueron más rápidas. ¡Las chicas cogieron puñados de algodón de azúcar y empezaron a lanzárselos a los duendes!

—¡Tomen esto! —gritó Rita, lanzándole un misil pegajoso a uno de los duendes que recibió un golpe seco.

—¡Ay! —se quejó.

Las chicas no le hicieron caso.

—¡Te lo mereces por ser tan horrible! —gritó Paula, lanzándole más algodón de azúcar.

—Estoy cubierto de materia rosa —se quejó un duende.

—¡Y yo! —gritó otro.

Intentaron quitarse el algodón de azúcar mutuamente, ¡pero sus manos empezaron a pegarse!

Las chicas, el rey Félix, Trichi y todos los duendes del tiempo se reían de los pegajosos duendes. ¡Lucían tan graciosos cubiertos de algodón rosa!

—¡Muevan las alas! —gritó a los demás el líder de los duendes desde su nube.

Los duendes intentaron mover sus alas para provocar un poco de viento que separara las dos partes de la isla, pero el algodón de azúcar hizo que se les pegaran al cuerpo.

—¡Vámonos! —gritó el líder.

Los duendes de la tormenta saltaron sobre sus nubes y se marcharon volando.

—¡Lo hemos conseguido! —gritó Rita.

Las tres chicas se abrazaron con alegría. Ahora que los duendes de la tormenta se habían marchado, las palomas pudieron unir la isla. En un momento, la Isla de las Nubes volvió a ser una sola. El pegajoso algodón de azúcar mantenía unidas las dos partes firmemente.

—¡Hurra! —gritaron todos los duendes mientras aplaudían.

Rita y Abril saludaban a las palomas:

—¡Gracias! —les gritaron.

—Muchas gracias por ayudarnos —murmuró Paula a su amiga paloma.

—Ha sido un placer —arrulló la paloma. Entonces el ave movió sus alas y salió volando con sus compañeras.

Lolo y los otros duendes corrieron hacia allí. Lolo le dio a Paula el conejito y Pelusa se acurrucó otra vez a su lado.

—Estoy contenta de que estés a salvo, Pelusa —le dijo Paula mientras acariciaba sus suaves orejas. Lo

soltó y el conejo saltó alegremente para regresar junto a sus amigos conejos. Uno de ellos saltó hacia él y los dos se frotaron la nariz.

—Tienen que hacer rápidamente tantas nubes como sea posible para que podamos arreglar la grieta definitivamente —les dijo Lolo a los duendes del tiempo.

Los duendes corrieron de un lado a otro y se apresuraron a recoger flores de pelusa para alimentar la fábrica de nubes.

Paula ya sostenía en las manos un montón

de flores de pelusa cuando se agachó para recoger unas cuantas más. Vio entonces una oscura sombra en el suelo.

Miró hacia arriba y se quedó sin aliento.

¡Una nube de tormenta se dirigía hacia ella y sus amigas, y sobre la nube vio una figura que le resultó terriblemente familiar!

Una mujer alta y delgada, con el pelo muy rizado y despeinado, estaba inclinada en el borde de la nube. Llevaba una capa negra, una corona de plata puntiaguda y un báculo largo y afilado en la mano.

—¡Es la reina Malicia! —exclamó Paula.

Lárgate, lluvia

La nube de la reina Malicia sobrevoló sus cabezas y las chicas corrieron hacia ella. Se detuvo justo encima de la línea de algodón de azúcar y de su nube empezó a caer una cortina de lluvia.

—¡Oh, no! —resopló Paula cuando vio un reguero de agua rosa en la grieta—. ¡Está intentando deshacer el algodón de azúcar!

¡Tiene que estar pegajoso, no húmedo!

—De modo que han encontrado otro de mis rayos —gritaba la reina Malicia desde la nube de tormenta—. ¡Éste no lo destruirán! Romperé la Isla de las Nubes y Secret Kingdom se convertirá en un desierto árido y seco. ¡El inútil de mi hermano no sabrá qué hacer y entonces todos los habitantes del reino pedirán que gobierne yo!

—¡Eso no sucederá! —gritó Abril, enojada, mientras la lluvia de la reina

Malicia le caía encima—. ¡No dejaremos que te salgas con la tuya!

—¡Boba! —cacareó la reina Malicia—. Soy mucho más poderosa que tú. ¡Destruiré la Isla de las Nubes y no podrás hacer nada para impedirlo!

Entonces vieron un relámpago terrible, se oyó un trueno estruendoso y todavía cayó más lluvia sobre el algodón de azúcar de color rosa que mantenía las dos partes de la isla unidas.

—¡Tenemos que hacer algo! —exclamó Rita.

La reina Malicia se echó a reír mientras todos en la Isla de las Nubes corrían frenéticamente.

Abril miró a su alrededor desesperada.

—Tenemos que evitar que el agua caiga sobre el algodón —dijo a los demás—. Trichi,

¿puedes usar algún hechizo? Haz aparecer
un paraguas, una capa o algo así. Trichi le
dio un toque a su anillo y, de repente, un
balde bajó del cielo. Abril se levantó para
cogerlo y corrió a ponerlo bajo la nube de
lluvia. Aparecieron más y más baldes, y Rita,
el rey Félix, Paula y Lolo se apresuraron
a ponerlos en la grieta para protegerla
de la lluvia que caía. Pronto hubo cientos

de baldes de todos los tamaños y colores, que permitían que el algodón de azúcar se mantuviera seco. Las gotas de lluvia caían copiosamente y los baldes empezaron a llenarse.

—Necesitamos un lugar para vaciar los baldes —dijo Paula, señalando uno completamente lleno que estaba a su lado.

Rita era la que estaba más cerca del borde de la Isla de las Nubes. Se asomó al abismo y vio un bonito bosque de flores altas. Los duendes de la tormenta estaban sentados en una de las gigantescas flores intentando quitarse el

algodón de azúcar de las alas y peleándose
ruidosamente.

—A esas flores gigantes les sentará bien
un poco de agua —dijo Rita.

—¡Y a los duendes de la tormenta no les
caería mal darse un baño! —se rio Paula.

A medida que los baldes se llenaban,
Paula, Rita, Abril, el rey Félix y todos los
duendes del tiempo los vaciaban lanzando
el agua por el borde de la isla.

—¿Qué están haciendo? —gritaba la
reina Malicia inclinándose aún más sobre
el borde de la nube para ver cómo todos
se apresuraban a vaciar los baldes. Tan
pronto como vaciaban los baldes, tomaban
otros baldes llenos. ¡Los baldes se llenaban
antes de que los pudieran vaciar!

—No podrán seguir así para siempre
—gritaba la reina Malicia, riéndose

groseramente mientras Abril se tambaleaba
porque cargaba un balde que pesaba
muchísimo.

—¡Oh, madre mía! —dijo el rey Félix
mientras llevaba otro balde al borde de la

Isla de las Nubes—. ¡Estoy tan cansado! ¡Tengo los brazos destrozados!

—Tenemos que seguir adelante —dijo Lolo mientras corría a ayudar al rey a vaciar su balde en el borde de la nube—. Si el algodón de azúcar se moja, la isla se separará en dos y la reina Malicia habrá ganado.

En ese momento, Abril miró hacia arriba, donde estaba la nube de la reina Malicia, y notó algo. La nube se estaba alejando.

—¡Miren! —gritó. Y cuando las chicas miraron, la nube se había elevado más y más.

La reina Malicia se dio cuenta de que su nube de tormenta subía sin parar.

—¡Dejen de moverla! —gritó.

—¡No somos nosotras! —le respondió Abril—. ¡Sin el agua de lluvia, la nube es más ligera y por eso se está alejando!

A medida que la nube de tormenta se iba alejando, la lluvia fue amainando hasta convertirse en una fina llovizna y, finalmente, dejó de llover.

—¡Nooooo! —se lamentó la reina Malicia en su nube.

—Las nuevas nubes están listas —avisó uno de los duendes de la fábrica.

—Rápido, vacíen el resto de los baldes —gritó Lolo. Las chicas se apresuraron a echar el agua sobre las flores. Abril iba tan rápido que accidentalmente también se le cayó el balde.

—¡Ups! —dijo mirando al vacío.

¡El balde había aterrizado sobre la cabeza de uno de los duendes de la tormenta!

—¿Quién ha apagado las luces? —graznó el duende, agitando los brazos y empujando accidentalmente a otro

duende que fue a parar a un charco
de barro.

—¡Bonito sombrero! —le gritó Rita.

—¡Al menos el agua les ha librado del
algodón de azúcar! —se rio Abril.

Cuando dejó de llover, las chicas
fueron a ayudar a los duendes del tiempo,
que llevaban cestas y más cestas de
nuevas nubes a la grieta. Todas ayudaron
a alisar la nube sobre la grieta para que
el algodón de azúcar no se viera. En
poco tiempo ni siquiera se notaba dónde
estaba la unión.

De pronto se oyó un fuerte crujido. Rita
miró el charco violeta justo a tiempo para
ver cómo el horrible rayo negro de la reina
Malicia se rompía en mil pedazos.

—¡Hemos roto el hechizo! —dijo feliz.

De repente se oyó una voz chillona.

—¡Nooooo! —gritó
la reina Malicia—.
¡Mi hermoso rayo!

La nube de
la reina se había
alejado tanto que
casi no la podían ver,
pero todavía podían oír sus gritos.

—¡Todavía quedan tres de mis rayos
en el Reino y nunca los encontrarán!
¡Me aseguraré de que causen todo tipo
de desgracias! ¡Haré llorar a las hadas!
¡Acabaré con la diversión de las sirenas!
¡No seré derrotada...!

La voz de la reina Malicia finalmente se
desvaneció en la distancia, y ella y su nube
sombría desaparecieron.

—¡Es tan mala! —dijo Paula, temblando.
No podía evitar sentir un poco de miedo

de la reina Malicia. Era tan desagradable. Era imposible saber qué haría o cuándo aparecería.

Lolo se acercó a las chicas, sonriendo feliz.

—¡Gracias a ustedes la Isla de las Nubes está unida otra vez!

—¡Hurra! —celebraron las chicas.

—Supongo que eso significa que ha llegado la hora de volver a casa —suspiró Rita.

—Oh, pero volverán a visitarnos, ¿verdad? —dijo Lolo mientras todos los duendes del tiempo se reunían alrededor de las chicas para despedirse—.

No podríamos haber salvado la Isla de las Nubes sin ustedes.

—Ha sido un honor —dijo Abril.

—Me parece que Pelusa también nos dice adiós —dijo Paula cuando vio que el pequeño conejo estaba a sus pies. Lo tomó y acarició sus pequeñas orejas, intentando no sentirse triste.

Las tres chicas le dieron un abrazo al pequeño conejo y después Paula se lo dio a Lolo.

—Si miran al cielo desde sus casas del otro reino —les dijo Lolo—, podrán ver formas de animales en las nubes. Así sabrán que estamos pensando en ustedes.

—Estoy segura de que regresarán pronto —dijo Trichi con mucha seriedad—. La reina Malicia escondió seis rayos y hasta ahora hemos encontrado sólo tres.

—¡Esperen un momento! —exclamó Lolo—. No podemos dejarlas marchar sin entregarles un regalo de agradecimiento —dijo mientras les enseñaba una bonita joya brillante—. Es un cristal del tiempo —dijo, entregándoselo a Abril—. Les dará el poder de cambiar el clima a su gusto durante un rato.

Abril tomó el cristal reluciente. Tenía un resplandor dorado y brillaba con la luz del sol.

—Concéntrate en el clima que quieres que haga —le dijo Lolo.

Abril miró el cristal y se concentró. ¡De pronto, un sol radiante apareció en el cielo!

—¡Oh, gracias! —dijo Abril, sosteniendo el cristal para que lo vieran Paula y Rita.

—Muchas gracias —le dijo Rita a Lolo.

—¡Es tan bonito! —dijo Paula, riéndose mientras bailaba entre los rayos de sol.

—¿Listas para partir, chicas? —preguntó Trichi.

—Listas —dijeron las tres, tomadas de la mano, esperando el torbellino que las llevaría de vuelta a casa.

Trichi lanzó el hechizo y se tocó el anillo. Unas estrellas plateadas brillaron a su alrededor cuando el torbellino empezó a formarse. Se hizo más y más grande, arrastrando a las chicas con él. Luego hubo un resplandor y, de repente, las tres amigas se encontraron de nuevo en la habitación de Abril. Rita miró el reloj, pero el tiempo no había pasado. No sabían cómo, pero el tiempo siempre se detenía cuando visitaban Secret Kingdom.

—Será mejor que pongamos los regalos mágicos en un lugar seguro —dijo Paula, tomando el cuerno de unicornio de su bolsillo y caminando hacia la Caja Mágica. El espejo empezó a brillar y la tapa se abrió por arte de magia. Paula colocó el cuerno en uno de los compartimentos junto al mapa mágico. Abril levantó el cristal del tiempo y todas lo miraron antes de que ella lo colocara cuidadosamente en

la Caja Mágica. Tres de los pequeños compartimentos de madera ya estaban llenos y Abril sólo podía imaginar las maravillosas aventuras que vivirían antes de llenar los otros.

—Creo que será mejor que empecemos a hacer la tarea —suspiró Rita.

—Perfecto —exclamó Paula—. ¡Puedes escribir tu texto sobre la Isla de las Nubes y los duendes del tiempo!

—Nadie me creería —dijo Rita.

—¡Bueno, por lo menos nosotras sabemos que es verdad! —se rio Abril.

Rita sonrió y, contenta, abrió su libreta. ¡Estaba impaciente porque quería describir todas las cosas mágicas que había visto en la Isla de las Nubes! ¡Y no podía dejar de imaginar sus próximas aventuras cuando regresaran a Secret Kingdom!

En la próxima aventura
de Secret Kingdom,
Rita, Paula y Abril visitan:

El Arrecife de las Sirenas

Aquí tienes una pequeña muestra...

Un mensaje en la escuela

—¡Me muero de hambre! —gritó Abril Pianola cuando se reunió con sus amigas Rita Miró y Paula Costa en la mesa que ocupaban habitualmente en el comedor de la escuela.

—Te apartamos un lugar —sonrió Paula—. ¿Dónde estabas?

—Se me había olvidado la cinta del pelo en clase —les dijo Abril.

En la escuela todos llevaban el mismo suéter azul marino, una camiseta blanca y unos pantalones o una falda de un color gris aburrido, pero Abril siempre intentaba mejorar un poco su uniforme. Ella siempre usaba algún toque de color o una linda peineta para recoger su melena oscura. Y ese día llevaba una cinta de color rosa brillante a juego con su mochila.

Cuando Abril sacó la comida de la mochila, vio que en el fondo relucía una luz brillante y resplandeciente que le era familiar...

—¡La Caja Mágica! —susurró Abril.

—¿Qué pasa?

Rita se quedó sin aliento y, de la emoción, casi volcó su bebida. ¡La Caja Mágica nunca les había enviado un mensaje cuando estaban en la escuela!

La caja parecía un bonito joyero de madera. Tenía una tapa curvada con un espejo rodeado por seis piedras brillantes y los lados estaban cubiertos con grabados de hadas y otras criaturas mágicas.

Las tres amigas la guardaban por turnos, pero en realidad la caja pertenecía al rey Félix, el gobernante de un maravilloso lugar llamado Secret Kingdom.

Secret Kingdom era una tierra mágica llena de unicornios, sirenas, duendes y elfos. Pero tenía un problema terrible. Cuando el rey Félix fue elegido por sus súbditos como gobernante del reino, su horrible y desagradable hermana, la reina

Malicia, se enojó tanto que lanzó seis rayos hechizados para destruir los lugares más maravillosos del reino. Su objetivo era que todos los habitantes del lugar fueran tan miserables como ella.

El rey Félix envió la Caja Mágica a las únicas personas que podían ayudarle a salvar el Reino: ¡Abril, Paula y Rita! Las chicas ya habían ayudado al rey y a su hada, Trichibelle, a destruir tres de los horribles rayos, pero parecía que las necesitaban otra vez.

—Tendremos que acabar de comer cuando regresemos —dijo Rita mientras corrían hacia los baños de las chicas para que nadie se diera cuenta de que se habían ido.

El tiempo se detenía mientras estaban en Secret Kingdom, pero si desaparecían en el comedor de la escuela la gente lo notaría.

Cerraron la puerta del baño y se colocaron alrededor de la caja.

—¡El enigma está apareciendo! —susurró Paula.

Todas miraron entusiasmadas las palabras que se empezaban a formar en el espejo:

¡Otro rayo parece estar cerca
búsquenlo de manera terca
en el fondo de la mar
donde nadan los peces
y los demás pueden bucear!

Rita leyó lentamente la rima.

—¿Qué crees que significa esto? Abril frunció el ceño.

—Bueno, tendremos que mirar en el mar...

De repente, la Caja Mágica brilló otra vez y la tapa se abrió por arte de magia, mostrando los seis pequeños compartimentos del interior. Tres de los espacios ya estaban ocupados por los maravillosos regalos que les habían entregado en Secret Kingdom. Contenían un mapa mágico que se movía y les mostraba todos los lugares del Reino, un pequeño cuerno de unicornio de plata que les permitía hablar con los animales y un cristal brillante con el que las chicas podían elegir el clima a su gusto.

—Quizá el mapa nos dará una pista —dijo Abril. Con mucho cuidado lo sacó de la Caja Mágica y lo abrió. Era como si pudieran ver Secret Kingdom desde arriba, como si las niñas realmente estuvieran mirando el Reino desde el cielo.

—Mira —dijo Abril, señalando el mar aguamarina. Las olas se movían suavemente hacia la orilla, había peces de colores jugando en el agua y una chica muy guapa estaba peinándose sentada en una roca. Cuando Rita, Paula y Abril la miraron, la chica se lanzó al agua. ¡Abril se quedó sin aliento cuando vio que en lugar de piernas la chica tenía una cola brillante!

—¿Vieron eso? —gritó a sus amigas, que asintieron con entusiasmo—. ¡Es una sirena! Los ojos de Paula no podían estar más abiertos.

—¡Claro! Donde nadan peces y los demás… ¡Tenemos que ir a ayudar a las sirenas!

Paula se inclinó de nuevo sobre el mapa y vio que la sirena estaba nadando hacia una ciudad submarina. Rita levantó el mapa y miró el nombre del lugar.

—Arrecife de las Sirenas —leyó—. Éste es el lugar al que tenemos que ir.

Abril y Paula estuvieron de acuerdo, y las tres amigas pusieron rápidamente los dedos sobre las piedras de la Caja Mágica.

Paula sonrió a las otras dos y dijo en voz alta la respuesta al enigma:

—El Arrecife de las Sirenas.

Las piedras verdes brillaron y una luz que salió del espejo se proyectó sobre las paredes. Luego un relámpago dorado salió de la caja y apareció Trichi, ¡dando vueltas en el aire como una bailarina! Su pelo rubio estaba incluso más despeinado que de costumbre, pero lucía una enorme sonrisa y sus ojos azules brillaban de felicidad mientras hacía equilibrios sobre su hoja.

—¡Hola, Trichi! —exclamó Rita, feliz, mientras el hada volaba graciosamente ante las chicas.

—¡Hola! —dijo Trichi, sonriendo—.
Madre mía, ¿dónde estamos?

—¡Estamos en la escuela! —le dijo Abril.

—¡Oh! —dijo Trichi mientras volaba sobre
su pequeña hoja—. No imaginaba que las
escuelas del otro reino fueran así. ¿Dónde
se sientan?

Las chicas se rieron.

—Esto no es el salón de clase —le
explicó Paula—. Es el baño. Teníamos
que asegurarnos de que nadie nos viera
desaparecer.

—Claro, qué boba soy —sonrió Trichi,
pero luego su rostro adquirió una expresión
de preocupación—. ¿Saben dónde está el
próximo rayo de la reina Malicia?

—Creemos que sí —le dijo Rita—.
Pensamos que puede estar en un lugar que
se llama el Arrecife de las Sirenas.

—Entonces tenemos que ir allí ahora mismo —exclamó Trichi—. Las sirenas necesitarán nuestra ayuda.

—¡Vamos con las sirenas! —gritó Paula, mientras saltaba entusiasmada.

Trichi rio, golpeó su anillo y dijo:

La reina malvada va a atacar

¡Ayudantes valientes,

empiecen a volar!

Mientras decía estas palabras, un mágico remolino rodeó a las chicas y empezó a girar a su alrededor.

—¡Guau! —gritó Paula mientras el viento mecía su melena rubia—. ¡A la aventura!

Unos segundos más tarde, el torbellino las dejó sobre una roca verde lisa en medio del mar aguamarina. Las chicas estaban encantadas de llevar, otra vez, sobre sus cabezas sus brillantes diademas, ¡aunque todavía llevaban puestos los uniformes escolares!

Abril miró a su alrededor sorprendida.

—Pensaba que viajaríamos al fondo del mar —le dijo con una mirada confundida a Trichi.

—¡Pues allá vamos! —dijo Trichi con una sonrisa mientras aterrizaba a su lado en la roca, tomó su hoja y la puso bajo su sombrero de flor. De repente, el suelo se puso a temblar bajo sus pies.

—¿Qué está pasando? —preguntó Rita, alarmada.

Las chicas miraban nerviosas cómo el agua empezaba a moverse, mientras algo grande y oscuro salía de las profundidades.

Súbitamente, una enorme cabeza verde apareció fuera del agua. Rita y Abril se quedaron sin aliento y cerraron los ojos asustadas, pero Paula se puso a reír.

—¡Miren! —gritó, señalando la cara del animal. La cabeza de la criatura se acercó a ellas parpadeando con sus ojos color marrón brillante y les dedicó una sonrisa perezosa.

—No estamos sobre una roca. ¡Es el caparazón de una tortuga marina gigante! ¡La única manera de llegar al Arrecife de las Sirenas es subiendo encima de una amistosa tortuga! —dijo Trichi.

La pequeña hada tocó su anillo y de él salió una corriente de burbujas brillantes que voló alrededor de las chicas, se convirtió en un remolino y luego estalló sobre sus cabezas, envolviéndolas en un halo resplandeciente.

—¡Agárrense bien! —gritó Trichi, señalando la parte superior del caparazón de la tortuga—. Uno... dos...

—¡Trichi, espera! —gritó Abril—. ¡No podemos respirar bajo el agua!

Pero ya era demasiado tarde.

—¡Tres! —gritó Trichi, golpeando su anillo una vez más. Y entonces, con una sacudida, la enorme tortuga se zambulló en las profundidades marinas.

Bajo el mar

Cuando el agua le cubrió la cara, Abril se quedó sin aliento, presa del pánico. Rápidamente cerró la boca y contuvo la respiración.

—¡Mmmmm! —logró decir, moviendo una mano hacia Trichi que estaba agarrada al caparazón de la tortuga.

Trichi soltó una carcajada tambaleándose.

—¡No se preocupen! —explicó—. El polvo de la burbuja con el que les he rociado es mágico. ¡Les permite respirar bajo el agua! ¡Inténtenlo!

La tortuga volvió la cabeza y les mostró una gran sonrisa. Paula y Rita soltaron aire y sonrieron cuando descubrieron que podían respirar con facilidad. Miraban emocionadas el mundo que las rodeaba mientras la tortuga avanzaba suavemente por el agua.

Lee

El Arrecife de
las Sirenas

para saber qué sigue.

Las protagonistas
Abril
Pianola

Familia:

Vive con su madre
y su abuela.

Color favorito:

Rosa

Le gusta:

Cantar, bailar
y ser el centro
de atención.

Lugar preferido de Secret Kingdom:

Los toboganes de hielo
de la Montaña Mágica.
¡Súper!

Personalidad:

Alegre y divertida.

Si hay un problema,
Abril se pone en
marcha y lo resuelve.

Lugares favoritos

Desde la Isla de las Nubes, Abril, Paula y Rita pueden ver Secret Kingdom entero. A sus pies uedan todo tipo de lugares mágicos. ¿Pero qué lugar de Secret Kingdom te gustaría visitar? Averígualo haciendo este test:

¿Preferirías...?

a) Ir a una bonita playa
b) Deslizarte a toda velocidad por toboganes de hielo
c) Nadar bajo el agua

¿Qué tipo de criaturas de Secret Kingdom te gustaría conocer?

a) Hadas
b) Duendes de nieve
c) Sirenas

¿Qué clima te gusta más?

a) Soleado
b) Mucho frío y que caiga mucha nieve de color rosa
c) Lluvioso

¿Cuál es tu actividad favorita?

a) Hacer castillos de arena
b) Patinar sobre hielo
c) Cantar en público

¿Qué regalo te gustaría recibir?

a) Una bonita guirnalda de flores
b) Unos guantes calientitos
c) Un bonito collar de perlas

Mayoría de respuestas A

¡La Playa Resplandeciente!
Prefieres ir a la Playa
Resplandeciente, donde puedes
nadar en el mar aguamarina,
tumbarte en la arena dorada
y pasear por las bonitas
tiendas de las hadas.
¡Diviértete!

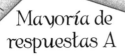

Mayoría de respuestas B

¡La Montaña Mágica!
Prefieres ir a la Montaña Mágica,
donde los duendes de la nieve se la
pasan muy bien. Puedes tirarte por
los enormes toboganes de hielo.
No olvides la ropa
de invierno.

Mayoría de respuestas C

¡El Arrecife de las Sirenas!
Prefieres ir al Arrecife de
las Sirenas y nadar con Lady
Marina y las sirenas de la Ciudad
de Coral. Con un poco
de suerte incluso las
escucharás cantar.

Comparte el secreto.
Colecciónalos

¡Disfruta estas seis increíbles aventuras!

El Palacio Encantado
ROSIE BANKS

El Valle del Unicornio
ROSIE BANKS

La Isla de las Nubes
ROSIE BANKS

El Arrecife de las Sirenas
ROSIE BANKS

La Montaña Mágica
ROSIE BANKS

La Playa Resplandeciente
ROSIE BANKS

Búscalas en:
www.oceanotravesia.com

Secret Kingdom

¡Un mundo mágico de
amistad y diversión!

¡Hazte amiga de
Rita, Paula y Abril
y vive con ellas
increíbles aventuras!

Esta obra se imprimió y encuadernó
en el mes de abril de 2017,
en los talleres de Limpergraf S.L.,
que se localizan en la calle Mogoda, n°29,
08210, Barberà del Vallès (España).